KB180869

한국 희곡 명작선 11

기록의 흔적

한국 희곡 명작선 11

기록의 흔적

최준호

평민사

최준호

기록의 흔적

등장인물

박승원 (춘추관의 사관)
최일경 (춘추관의 사관)
성종 (조선 제9대 왕)
폐비윤씨 (성종의 후궁이자 두 번째 왕비, 연산군의 어머니)
대비 (성종의 어머니, 인수대비)
엄숙의 (성종의 후궁)
정소용 (성종의 후궁)
어린 연산군 (성종의 세자)
연산군 (조선 제10대 왕)
유자광 (권신, 무오사화를 주도)
임사홍 (권신, 갑자사화를 주도)

때

조선 초 · 중기 성종~중종의 치세(治世)

장소

경복궁 내 '조선왕실과 국가 전반의 시정(時政) 기록을 담당'
하는 춘추관

일러두기

이 이야기는 조선왕조실록 성종실록, 연산군일기, 중종실록 등
에서 모티브를 따왔으나 대부분은 각색이다. 이 희곡의 대사는
그 당시 어체에 얽매이지 않고 무대 장치 · 의상 · 소품 등도

옛것을 반드시 재현할 필요는 없다. 한편, 이야기의 중심인물인 사관 박승원과 최일경은 가상인물이다.

1장

조선왕실과 국가 전반의 시정을 기록하는 춘추관의 서고. 기록 작업을 위한 널찍한 책상과 두 개의 의자가 있다. 책상 위에는 먹과 벼루와 붓이 놓여있다. 그 양옆에는 큰 서고가 있는데 실록, 일기 등 다양한 기록들이 가득 채워져 있다. 사십대 후반의 사관인 박승원이 책을 한 무더기 들고 서고로 들어오면서 극이 시작한다. 계절은 봄이라 이따금 새들의 노랫소리가 들린다.

박승원   (들고 있는 책들의 무게에 힘겨워하며) 오늘도 작업량이 엄청나군.

책들을 책상 위에 내려놓은 뒤 한 권, 한 권 뽑아 제목을 보며 확인한다.

박승원   (책들의 제목을 확인하며) 폐비윤씨가 사사(賜死)된 기록이… (책을 찾고) 여기 있다!

박승원이 기록의 내용을 읽자 상황이 재현된다.

박승원   (책을 보며) 성종대왕 10년(1479년) 6월, 윤씨는 평소 투

기가 심하고 품행이 방자하여 폐비가 된다.

폐비윤씨 등장. 흰옷에 짐 꾸러미를 등에 메고 눈물을 흘린다.

폐비윤씨 (등장한 쪽을 바라보며 슬픈 목소리로) 전하…

박승원 이후로도 반성하지 않아 결국 사약이 내려지는데…

성종과 그의 어머니 대비가 함께 등장. 대비가 사약을 직접 들고 폐비에게 간다. 성종은 그런 대비를 보며 전전긍긍한다.

성 종 (사약을 들고 가는 대비에게) 어머니, 이러시면 후대에 오점을 남기시게 됩니다.

대 비 주상! 이것이 옳은 길입니다. 주상께서 맘이 여려 결단을 내리지 못하니 이 어미가 손수 하는 거예요. 예를 다하는 성군, 유학 군주가 되고자 하지 않았소? (폐비윤씨를 보며) 저것을 살려두는 것은 도의에 어긋나오!

폐비윤씨 (성종을 바라보며 애절한 목소리로) 전하!

박승원 (계속 책을 보며) 어라? 이상하다. 다른 기록을 보면 중간에 후궁인 엄숙의와 정소용이 모함하여 윤씨의 죄가 가중되었다는 내용이 있는데… 실수로 **빠뜨린** 것인가? 아니면 의도적으로… (먹에다 붓을 적셔 책에 내용을 추가한다)

결국, 대비는 사약을 폐비윤씨에게 건넨다.

성 종   (안타깝지만 저지할 의지도 없어) 중전…

폐비윤씨   (바닥에 엎드려 성종에게 절을 한 뒤 사약을 마시며) 부디,
옥체 보중하옵소서.

폐비윤씨 바닥에 쓰러진다.

성 종   (고개를 돌리며) 부모에게 예를 다하는 것이 자식의 도리
이니 원망하지 마시오.

대비가 성종의 등을 떠밀어 등장한 쪽으로 퇴장시키려 한다.

대 비   이제 끝났소!

성 종   (혼잣말) 이제 대신과 대간들의 비난 여론은 잠잠해지려
는가?

퇴장하는 성종과 대비.

박승원   (폐비윤씨를 보면서) 제 속으로 나은 자식도 제대로 못 보
고 돌아가셨군.

폐비윤씨   (성종과 대비가 퇴장한 곳을 바라보며 죽어가면서도) 융(연산
군의 이름)이야… 내 아들아…

어린 아들의 이름을 부르면서 피를 토하며 죽어가는 폐비윤씨. 그때 성종의 후궁인 엄숙의와 정소용이 등장한다. 그 둘은 폐비윤씨에게 다가가 죽일 듯이 노려보며 웃어댄다.

엄숙의 죽일 년! 이제야 갔구나.

정소용 그렇게 우릴 죽이려 하더니 되레 요것이 죽었소.

엄숙의 (시신을 발로 차며) 그동안 네년에게 당했던 걸 생각하면 사약 먹고 죽은 건 곱게 죽은 것이다.

정소용 찢어 죽일 년!

엄숙의 갈아 마실 년!

두 후궁은 폐비윤씨의 시신을 끌고 퇴장한다.

박승원 (퇴장한 쪽을 바라보며) 폐비윤씨가 안쓰럽긴 하나 중전 때부터 여러 가지 불미스런 일들이 많았으니 잘못이 없는 것도 아니고… 그렇다고 사약을 받기에는 모함도 많아 너무 지나치고… (다시 내용을 보완한다)

어린 연산군 (목소리만, 어린아이의 목소리) 박 사관! 박 사관!

박승원 (놀라 일어나 소리가 들리는 쪽을 바라보며 예를 갖춘다) 예, 세자 저하!

이린 언산고 등장.

어린 연산군 (울면서) 박 사관! 박 사관!

박승원 저하! 이곳은 어찌 오셨습니까?

어린 연산군 우리 어머니 죽었어요?

박승원 (침묵)

어린 연산군 (직감으로 눈치를 채고 더욱 슬프게 울며) 어머니 진짜 죽었어요?

박승원 저하의 어머니는 지금 살아계신 정현왕후이십니다.

어린 연산군 (고개를 흔들며) 궁녀들이 수군대는 거 다 들었어요. 친어미가 그렇게 죽어 내가 너무 불쌍하다고… 궁녀들뿐만 아니라 대신들도 아바마마에게 폐비의 자식은 세자가 될 수 없다고 말하는 것도 들었어요!

박승원 저하…

어린 연산군 기록을 보여 주세요! 기록에 확실하게 나와 있을 테니! 그걸 그 사람들에게 보여주어야 내가 어미 없는 자식이 아니란 걸 알게 되잖아요.

박승원 아니 되옵니다.

어린 연산군 왜요…?

박승원 그 누가 와도 아니 됩니다. 한명회 대감 같은 분이 와도 아니 되고 설사, 주상 전하가 소신을 죽인다고 해도 결코 아니 됩니다.

어린 연산군 (눈물을 닦으며) 죽인다고 해도…?

박승원 (고개를 끄덕이며) 그것은 절대 바꿀 수 없는 진실이기 때문입니다.

어린 연산군 진실인 거랑 보여줄 수 없는 거랑 무슨 상관이 있나요?

박승원　과거는 아름다운 일만 있는 게 아닙니다. 때론 고통스러운 일도 있고 생각하기도 싫어 기억에서 지워버리고 싶은 일도 있습니다. 그래서 차라리 없애버리고 싶은 마음도 생깁니다. 하지만 그렇다고 지나간 흔적마저 지울 수는 없는 일이지요. 그리고 치욕스러울지라도 그것은 그것대로 의미가 있는 흔적입니다.

사이.

어린 연산군　흔적?

박승원　예 저하. 그런 흔적들이 차곡차곡 쌓여 현재가 되는 것이지요. 저하도 언젠가는 아시게 되실 것입니다. 고통도 슬픈 추억도 때론 그것들이 쌓여 아름다운 것이 될 때가 있죠.

어린 연산군　그런가요?

박승원　예, 저하. 너무나도 소중한 흔적입니다. 그것 때문에 소신은 이 일에 목숨을 걸 수 있는 것이지요.

어린 연산군　(약간의 침묵) 박 사관은 알고 있죠? 내가 궁금해 하는 것에 대해서요.

박승원　예, 알고 있습니다.

박승원은 무릎을 꿇고 세자를 조용히 감싸 안는다.

어린 연산군 (당황하지만 박승원의 따듯한 품에 이내 적응하며 포근한 표정으로) 박 사관…

박승원 언젠가 이 기록들이 만인에게 보여 질 날이 있을 것입니다. 그러나 지금은 아닙니다. 수십 년… 혹은 수백 년… 아주 오랜 시간이 지나 이 기록을 정당하게 평가할 수 있을 때… 그때가 분명 오겠지요.

사이.

어린 연산군 잘은 모르지만 그래도 왠지 알 것 같기도 해요.

박승원 반드시 아실 것입니다.

어린 연산군 그렇구나… 고마워요.

박승원 (감싸 안았던 두 팔을 놓으며) 소신이 한 게 뭐 있다고 고마워하십니까?

어린 연산군 (눈물을 닦고 해맑게 웃으며) 우리 약속해요!

박승원 무슨 약속… 말씀이옵니까?

어린 연산군 그건…

2장

10년 후 여름. 시원한 빗줄기와 바람소리가 들린다. 장소는 1장과 같은 춘추관. 책상에는 1장보다 더 많은 책이 쌓여 있고 어느덧 오십대 후반이 된 박승원은 예나 지금이나 묵묵히 기록 작업을 하고 있다. 옆자리에도 벼루, 묵, 붓이 하나씩 더 있다.

박승원 (한 권 한 권 책을 뽑아 제목을 확인하며) 조의제문… 조의제문. 김종직 그 어른은 왜 논란의 글을 남기셨나? 아… 골치 아프게 하네. (서고를 보며) 일경아! 찾았느냐?

최일경 (목소리만, 신경질적으로) 잠시만요! 기록이 어지간히 많아야죠!

박승원 (혀를 차며) 이 버르장머리 없는 놈…

최일경 (목소리만) 일단, 김종직 선생 관련 책들만 골라서 가져가겠습니다!

박승원 알았다! (다시 책을 살피면서 혼잣말) 유자광 이 양반은 대체 조의제문의 관련 기록을 어떻게 알게 된 거야?

최일경 (목소리만) 여기 대령이요!

박승원 말하는 꼴 좀 보소.

최일경 등장. 이십대 중반의 청년. 책을 한 무더기 들고 낑낑

거리며 나온다.

박승원 (최일경이 들고 있는 책들을 보며) 그렇게 많아?

최일경 (책들을 책상 위에 놓고) 오늘 작업할 것도 추가해서 가져 왔습니다.

박승원 수고가 많군.

최일경 수찬관(박승원의 직책, 정3품의 사관) 나리만 하겠습니까?

박승원 (웃으며) 앞으로도 계속해야 하니 미리 수고한다고 일러 둔 것이다.

최일경 (고개를 설레설레 저으며) 에이 농도 그런 농은 하지 마십 쇼. 소인은 이쪽 체질이 아닙니다. 기회만 되면 바로 의 정부(백관(百官)을 통솔하고 서정(庶政)을 총괄하던 조선시대 최고의 행정기관)로 옮길 겁니다. 과거급제까지 했는데 여기서 인생을…

박승원 뭐야? 이놈아! 그럼 난 뭐가 되느냐?

최일경 (자신도 지나쳤는지) 그냥 '적성이 아니다' 라는 겁니다. 수찬관 나리야 당연히 위대한 기록 장인이시지요. 마치 상감청자를 만드는 도공 같은…

박승원 (자르며) 주둥이 닥치고 일이나 해!

최일경 (의기소침하여) 예, 수찬관 나리.

박승원과 최일경은 함께 새로 가져온 책들을 살핀다. 책 제목 도 보고 내용도 보고, 그러다 최일경이 천천히 붓을 들어 벼 루의 먹을 적시려다가 박승원의 눈치를 보고 그만둔다.

최일경 (책들을 살피다 드디어 찾으려던 책을 찾고) 찾았다! 조의제
문!

박승원 찾았느냐?

최일경 예! 찾았습니다.

최일경, 책의 내용을 잠시 살펴본다.

최일경 이야 이거 엄청난데요? 초나라 항우가 어린 왕 의제를
죽였다고 비난하는 내용인데… 아무리 봐도 이건 세조
대왕께서 조카 노산군(단종, 이 당시는 시호를 안 부르고
노산군이라 격하해서 불렀다)을 폐한 것을 빗댄…

박승원 닥쳐라! 이놈아.

최일경 (혼비백산하여) 예…?! 소인이… 무슨 잘못이라도…

박승원 (자르며) 네 놈이 뭘 안다고 함부로 지껄이는 것이냐? 사
관이 기록을 다룰 때 제일 위험한 것이 함부로 속단하
는 것이라고 몇 번을 말했더냐? 사람 목숨마저 좌지우
지하는 것이 기록이야!

최일경 (고개를 푹 숙이고 낮은 목소리로) 잘 알겠습니다.

박승원 (손을 내밀며) 이리 줘 봐라.

최일경은 책을 박승원에게 건네준다. 박승원은 책의 내용을
찬찬히 살핀 뒤 눈을 감고 한동안 가만히 있다가 다시 최일
경에게 건넨다.

박승원 확인했으니 되었다.

최일경 (어이가 없다는 표정) 어찌… 소인에게 다시…

박승원 확인하라고 해서 확인한 것 아니더냐? 이제 끝난 것이지. 서고 장부에 순서를 매겨 잘 관리해라.

최일경 아니, 확인하셨으면 이걸 유자광 대감에게 보고해야 하지 않습니까?

박승원 (역정을 내며) 뭐야! 이걸 보여주면 유자광 대감이 주상께 보여 드리겠지. 그 뒤에 주상 전하께서 이 일에 대해 뿌리를 뽑으라 할 게 아니겠느냐? 그럼 얼마나 많은 생명이 죽어날지 어찌 모른단 말이냐!

최일경 그럼, 안 보여 주었다가 앞으로 닥칠 후환은 어쩔 것입니까?

박승원 (큰 소리로) 원래, 안 보여주는 것이 법칙이야!

최일경 (한숨을 쉬고) 예, 됐습니다. 됐어요.

박승원은 서고에서 책을 한 권 꺼내 기록을 추가하는 작업을 한다. 최일경은 자신이 가져온 책 중 몇 권을 빼내서 특정 부분을 찾아 하나씩 펼친 뒤 무언가 고치는 작업을 한다.

박승원 (계속 기록 작업을 하면서) 폐비가 죽은 기일인 모월 모일, 달이 밝은 자정께 주상께서 처용 가면과 처용 옷을 입고 근정전(경복궁의 정전) 앞마당에서 처용무를 한이 서리게 추었다.

청년이 된 연산군이 처용 가면과 처용 옷을 입고 등장, 춤을 추기 시작한다.

박승원   (이어가며) 그 행실이 기이하여 내시와 상궁들이 말리려고 하였으나 주상의 춤사위가 마치 죽은 자의 혼령이 추는 것 같이 애절하여 모두 넋을 잃게 되었다.

처용무를 추다가 가면을 벗는다. 살결이 하얗고 수려한 외모를 지닌 청년 연산군의 얼굴이 드러난다.

연산군   (사방을 둘러보다 주저앉아 통곡하기 시작한다)

박승원   그 뒤 주상께서 통곡하기 시작하는데 그 통곡소리가 원한이 쌓인 귀신의 통곡소리처럼 애절하여 그 광경을 본 내시와 궁녀들도 같이 통곡하였다.

대비 등장.

대 비   (역정을 내며) 주상! 이게 무슨 일이요? 군왕으로서 체통을 지키시오!

연산군   (비웃으며) 선대왕 둘째 부인의 넋을 위로하고 있었습니다. 할마마마!

대 비   (화들짝 놀라며) 무, 무슨 소리요?

연산군   왜 그리 놀라십니까?

대 비   주상, 설마…

연산군   내 들어보니 아바마마의 첫째 부인은 공혜왕후이시고 셋째 부인은 제 어머니인 정현왕후라 들었는데 둘째 부인의 행방은 도무지 모르겠습니다.

대 비   (침묵)

연산군   둘째 부인은 살아있는지… 죽었는지…

대 비   (침묵)

연산군   (웃으면서도 슬픈 목소리로) 죽었으면 넋이라도 위로해 드려야지요.

연산군은 다시 처용 가면을 쓰고 춤을 추면서 퇴장한다.

대 비   (연산이 퇴장한 곳을 바라보며 불안한 표정으로) 설마… (애써 부정하려는 듯) 설사 안다고 해도 주상께서 어찌하겠소? 죄인의 아들로 평생 낙인 찍혀 스스로 자멸할 것이 아니라면…

대비는 연산군이 퇴장한 반대 방향으로 퇴장한다.

박승원   (퇴장하는 대비를 바라보며) 결국, 주상께서 아신 것인가?

최일경   예! 아셨다니요?

박승원   아니다. (최일경이 뭔가 작업을 하는 것을 보고) 근데 넌 뭐 하고 있는 게냐?

최일경   (뭔가 불안한 눈치) 아, 별거 아닙니다.

박승원   뭐가 별게 아니라는 것이야?

최일경   (머리를 긁적거리며) 그게 사실은…

박승원   답답하다, 이놈아. 빨리 말해라!

최일경   그러니까… 임사홍 대감께서 전하의 사냥 횟수와 유흥에 쓴 지출이 너무 많다고 몇 개 지우고 수정하라 하셔서…

순간 박승원은 최일경에게 다가가 뺨을 날리고, 놀란 최일경은 뒤로 넘어진다.

최일경   (씩씩거리며) 아니, 소인이 뭘 잘못했다고 이러십니까?

박승원   (분노에 가득 찬 큰 목소리로) 네놈 따위가 무엇인데 기록을 멋대로 수정하는 것이냐!

사이.

최일경   (박승원의 분노에 기가 질려) 수찬관 나리…

박승원   (더욱더 큰 목소리로) 그것은 과거의 진실이자 흔적인 것이야! 사람이 함부로 빼고 고치고 하는 것이 아니란 말이다!

최일경   죄, 죄송합니다.

박승원   (충격을 받은 듯) 지금 네놈이 한 행동이 얼마나… 얼마나…

말을 잊지 못하고 주저앉는 박승원. 최일경은 일어나 땅만 바라본다.

박승원   (화를 억지로 추스르고 최일경에게 타이르듯) 이보게, 과거 기록을 옹호하거나 비판할 여지가 있으면 말일세… 그런 건 사략(史略)에 추가로 쓰면 되는 것이야. 평가야 언제든지 할 수 있는 게 아닌가?

최일경   (나지막한 목소리로) 예…

박승원   때린 건 미안하네.

최일경   (내키지는 않지만) 아닙니다.

박승원   언젠간 알 걸세. 자네가 하는 일이 얼마나 중요한 일인지…

최일경   (침묵)

박승원   그리고 난 전하와의 약속이 있어.

최일경   약속이요? 전하와 무슨 약속을 하셨습니까?

박승원   (혼잣말로 중얼거린다) 반드시… 반드시 지켜야 할 약속…

어린 시절의 연산군이 나타나 천진난만하게 웃으며 박승원을 바라본다.

3장

그해 늦가을. 낙엽 지는 소리가 스산하게 들린다. 박승원과
최일경은 춘추관에서 기록과 정리에 한창이다.

최일경 (실록을 살피다 혼잣말로) 세조께서 역적 김종서를 치기
위해 자택으로 한명회를 불러 논의하셨다… (자조적인
웃음) 자택이 무슨 임금이 나랏일을 살피는 궐의 편전도
아니고… 그땐 아직 임금이 아닌 대군(大君) 시절이라
그곳에는 사관이 있던 것도 아닌데 이걸 어찌 기록했
나… 사관이라는 직책도 참…

박승원 (걱정스럽게 쳐다보며) 무슨 말을 하고 있나, 자네…

최일경 (스스로 조심성 없음을 알고) 아, 조심하겠습니다. 보다보
니 좀 재미있는 기록들이 있어서요.

박승원 (농담 반 진담 반으로) 자네 목숨은 자네 것이니 알아서
진중하게 처신하게. 그나저나 부인이 출산했다는데 가
봐야지 않겠나?

최일경 (한숨을 쉬며) 지난번에는 뺨을 맞았는데 이번엔 약을 주
시는 겁니까?

박승원 아직도 그걸 기억하고 있나. (걱정스러운 말투) 나라에서
출산휴가에 대한 여백을 고려하여 녹봉을 주니 일단 집
으로 가게나. 자네 없는 공백은 내가 그만큼 더 일하면

되네. 나중에 술이나 한잔 사게.

최일경 (고개를 저으며) 기본 녹봉 가지고는 어림도 없습니다. 여기서 추가 수당을 더 받고 집에 가는 것이 그나마 부인과 자식을 위한 것이죠.

박승원 그 정도로 생활이 어렵나?

최일경 함경도 출신에 인맥도 없는 놈이라 처자식 먹일 것도 부족합니다.

박승원 젊은 놈이 왜 출세에 목을 매나 했는데 그런 사정이 있었군.

최일경 사실, 소인은 조의제문이니 대의명분이니 그런 걸 논할 만큼 배부른 상황이 아닙니다. (머리를 긁적이며) 이거 쓸데없는 말만… 죄송합니다. 가족은 수찬관 나리도 있으신데…

박승원 (허탈한 웃음) 아닐세. 20년 전, 대기근 때 부인과 외동아들이 역병에 걸려 모두 죽어 지금은 홀몸일세. 난 그때부터 이 춘추관의 실록과 다시 혼례를 올렸다네.

최일경 (침묵)

유자광 (목소리만) 수찬관! 수찬관, 있으신가?

최일경 (매우 놀라며) 갑자기 유자광 대감께서 이곳은 왜…

유자광 등장.

최일경 (일어나 예의를 갖추어 인사를 한다) 무령군(武靈君) 대감 오셨습니까?

박승원 (친분이 있는 사이라 편하게 인사를 한다) 오셨습니까?

유자광 (박승원에게) 오랜만입니다. 늘 고생이 많아요.

박승원 (고개를 저으며) 직책상 할 일을 하는데 고생은 무슨…
그런데 어쩐 일이십니까?

유자광 그게… (최일경에게 눈치를 주며) 긴히 할 말이 있어서.

최일경 (바로 알아채고 웃으며 박승원에게) 소인은 작업 끝낸 실록
을 정리하러 가야겠습니다.

최일경은 책상 위의 실록을 두 손으로 가득 안고 퇴장. 박승
원도 자리에서 일어나 유자광을 마주 보며 이야기한다.

박승원 (오랜 친구를 만난 친근한 말투) 지체 높으신 무령군께서
무슨 볼일이 있어 이런 곳까지 오셨습니까?

유자광 (웃으며) 이보게, 승원이. 둘만 있을 때는 말 놓으시게.
함께 과거 공부할 때가 엊그제 같은데.

박승원 (웃으며) 그때 내 공부할 시간도 부족했는데 동기 과외
선생 해주느라 혼났지. 그래도 세조 대왕께서 어여삐
여겨 비정상적으로 과거급제까지 하지 않았나. 자광이,
말동무 하러 오셨나? 근무 끝나고 이야기하세. 내 좋은
주막집을 알고 있지.

유자광 아니네. 술은 나중에 하고 부탁할 게 있어서 온 거야.

사이.

박승원 (안색이 변하여) 조의제문 말인가?

유자광 (끄덕이며) 그렇다네. 조의제문 때문에 참 골치가 아파. 사림파 놈들이 쓸데없는 말을 해서…

박승원 쓸데없는 말이면 무시하면 될 거 아닌가?

유자광 조의제문의 내용 자체가 나라의 정통성을 문제 삼는 거라 그냥 넘어갈 수가 없네. 전하의 심기가 하도 불편하셔서 빨리 끝을 봐야 해. 승원이, 도와주게나. 조의제문의 사초 원본을 내게 건네주게. 그리고 그걸 쓰도록 협조한 사림파 놈들도 찾아 전하께 보고하세.

박승원 (비웃으며) 수십 년 전에 쓰여진 글을 지금에 와서 공론화한 건 자네와 임사홍 대감 아닌가? 전하의 심기를 내세우지 말게. 무슨 목적인지 내 알고 싶진 않지만, 이건 자네들이 원해서 정략적으로 일으킨 바람이 아닌가? (단호하게) 거절하겠네!

유자광 (의도가 간파되자 직접 회유한다) 이보게, 자네도 좀 있으면 육순인데 난 무령군 작위를 받고 자네는 수찬관이나 하는 게 말이 되나. 내가 자네 실력을 잘 아는데 자넨 여기 있을 사람이 아니야. 이 문제를 서로 깔끔하게 해결하고 함께 나라에 봉사…

박승원 (자르며) 조용히 넘기는 것도 나라를 위하는 일일세.

유자광 (답답하여) 자네 신념은 잘 알지만, 어차피 공론화가 돼서 피바람이 불 거야. 중요한 건 누가 이 바람을 이끄느냐는 거지. 임사홍 그 야비한 놈이 먼저 이걸 보고하면 얼마나 많은 사관이 죽겠나? 출세에 관심이 없다고 해도 불쌍한 사관들을 위해서라도 날 좀 도와주게. 내용을 잘 다듬어서 피가 덜 넘치게 해야지.

박승원   판단이 틀렸네.

유자광   틀렸다고?

박승원   어떻게 하면 피바람이 덜 나게 하냐가 관건이 아니고 어떻게 하면 피바람 자체가 나지 않게 하냐가 관건일세. 자넨 초점 자체를 잘못 잡은 거야.

유자광   (가슴에 사무친 진심을 말한다) 쉽지는 않을 거라 생각했지만… (허탈한 웃음) 자네도 알지 않는가? 대신, 대간 그 권세가들이 날 어떻게 생각하는지. 천한 피가 섞인 서자 놈이 억울한 사람들을 모함해서 출세한 자라고…

박승원   (냉정하게) 그럼, 모함이 아니었나?

유자광   (절규에 가까운 자기변호) 그건 모함이 아니었네. 예방이었어! 물론 결정적인 물적 증거는 없었지만, 평소의 생각이나 언행만으로도 역적을 판단할 순 있지 않는가?

박승원   (어이없어하며) 그들이 사람을 죽였나? 임금에게 반기를 들었나? 아무것도 없질 않나!

유자광   그냥 예방이라고 하지 않았나? 그놈들은 언제 역적질을 할지 몰라. 그래서 그전에 싹을 잘라 예방한 걸세.

사이.

박승원   예방이라니…? 예방이라는 미명 아래 사람들을 무자비하게 죽였다니… 그럼, 조의제문을 핑계로는 또 얼마나 많은 사람이 죽어야 하는가?

유자광 안타깝지만 대의를 위한 희생일세. (박승원의 두 손을 잡고 간절하게) 이보게, 도와주게. 솔직히 나 개인적인 설움과 욕망이 전혀 섞이지 않았다고는 말 안 하겠네. 하지만 나라의 우환을 미리 제거하자는 충심이 있는 것도 사실이야. 그들이 역적질 할 마음까지는 없다고 해도 세조대왕께서 승하하신 지 삼십 년밖에 안 지났어. 아직 선비들이 불순한 의도로 나라의 정통성을 함부로 논하고 훼손할 때가 아니야.

박승원 (의미심장하게) 무령군 대감!

유자광 (당황하여) 갑자기 웬 존칭인가?

박승원 태조대왕실록 보완작업이 밀렸습니다. 이만 업무에 전념해야겠습니다.

유자광 (잡았던 손을 놓고 허탈한 표정으로) 미련한 양반…

사이.

유자광 가겠네. 나중에 후회하게 될 걸세.

유자광이 퇴장하려 발길을 돌린다.

박승원 (퇴장하려는 유자광에게) 이보시게, 대감!

유자광 (돌아서며 퉁명스럽게) 왜 그러나? (이내 밝은 표정으로) 그래, 다시 생각한 것이라도…

박승원 (자르며 정색하며) 그런데 말입니다. 의와 소신을 중시하는 나라의 선비가 어찌 때에 따라 자신의 소신을 가려 말해야 합니까? 그리고 선비의 자유로운 소신이 두려워 그렇게 피바람을 일으킬 정도로 이 나라가 자신이 없는 나라입니까?

유자광 (침묵)

박승원 나라를 이끄는 선비부터 정의로운 자신의 소신을 주저한다면 그 나라는 병든 겁니다.

사이.

유자광 자네는 몰라. 멸시와 서자의 억울함이 무엇인지…

박승원 과거의 상처는 긁으면 긁을수록 더 깊어질 뿐입니다. (상급자에게 깍듯이 고개를 숙이며) 부디 상처를 뛰어넘으시길 바랍니다.

유자광 (무언가 말을 하려다 포기하고) 이만 가겠네.

박승원 살펴 가십시오.

유자광 퇴장. 박승원은 유자광이 퇴장한 곳은 잠시 바라보다가 자리에 앉아 다시 실록을 펼쳐본다.

박승원 (실록을 보면서 혼잣말) 서자와 무령군 대감이라… 조의 제문과 대신, 대간 그리고 멸시와 역모라…

최일경 등장.

최일경 (유자광이 갔는지 눈치를 살핀 뒤) 무슨 이야기를 그리도 많이 나누셨습니까? (자리에 앉으며) 권세가 대신께서 직접 찾아올 정도면 예삿일은 아닐 텐데요.

박승원 몇 마디 나누긴 했는데 별건 아니네.

최일경 저기… 수찬관 나리…

박승원 왜 그러느냐?

최일경 (머리를 긁적이며) 무령군 대감과는 잘 아시는 사이인가 봅니다.

박승원 아… 과거공부를 함께하기긴 했지.

최일경 각별한 인연이시네요. 아까는 주책없이 가족 이야길 해서 다시 한 번 사과드립니다.

박승원 괜찮아. 그리고 이젠 홀몸이라 일에만 전념할 수 있어 좋다네.

최일경 재혼은 안 하셨습니까?

박승원 평생 생각이 없어. 그 누구도 내 부인과 아들의 추억을 대신할 순 없지. (최일경을 애잔하게 바라보며) 아들이 살아있으면 자네 나이쯤 되었겠군.

최일경 외롭지 않으십니까?

박승원 외롭기야 하지… 다행히 혼인한 날부터 틈틈이 써온 일기들을 가끔씩 보면 그 속에서 가족의 숨결을 느끼곤 한다네.

최일경 (안타깝게 바라보며) 그것을 보면 가족이 정말 느껴지십니까?

박승원　그렇고말고. 그건 단순히 과거의 기록이 아니라 슬프고
도 아름다운 생명이지. 이런, 노망이 들었나 보군.

최일경　(웃음) 아닙니다. 가을은 감성의 계절 아닙니까?

박승원　(다정하게) 일을 해야지. 자네는 실록 전반을 읽으며 큰
흐름을 다시 잡게.

최일경　예, 알겠습니다.

사이.

박승원　(기록 작업을 하면서) 그래도 말일세…

최일경　무슨 하실 말씀이라도…

박승원　(슬픈 표정으로) 가족은 무엇으로 대신할 수 있는 것은
아니라네. 소중히 하게.

최일경　(숙연하게) 명심하겠습니다.

4장

그 해 겨울, 춘추관 서고. 박승원과 최일경은 추위를 견디기 위해 돈피(돼지가죽으로 된 조선 시대 보온 웃옷)를 입고 작업을 한다.

박승원은 실록을 보완 중이고 최일경은 실록을 잔뜩 쌓아 놓고 읽고만 있다.

최일경 (짜증스러운 표정으로 실록을 읽으며 머리를 긁는다) 몇 달 동안 실록만 읽으니 머릿속에 글자만 가득하구나! (일부러 들으라고) 내 직책이 사관인데 하는 일은 실록 읽기와 기록 연습뿐이니 참으로 편하다!

박승원 (한심하다는 듯) 나중에 네놈은 그 방정맞은 입 때문에 화를 당하지나 않을까 걱정이구나.

최일경 독서와 연습과 정리만 하니 너무 답답해서 그렇지요.

박승원 (아랑곳하지 않고 실록을 보완하며) 기록 조작하는 놈은 쓸 자격도 없다. 역사를 큰 틀에서부터 가슴에 다시 담아 봐라.

최일경 예, 또 뺨 맞지 않으려면 열심히 읽겠습니다.

박승원 속 좁은 놈 같으니 아직도…

최일경 (다시 실록을 보면서) 그런 건 아닙니다. 그나저나 이놈의 춘추관은 왜 이리 춥나?

박승원   (돈피를 당기며) 온돌이 고장 나서 고쳐야 한다는구나. (한숨을 쉬며) 궁궐 내 유흥지와 전하의 사냥터를 넓히느라 춘추관 난방 고칠 비용도 부족한 모양이야. 나도 이제 육십이 다가오니 추위가 참 매섭군.

최일경   (자신의 돈피를 벗어 박승원에게 건네면서) 입으십쇼.

박승원   왜 안 하던 짓을 하느냐? 뭘 잘못 먹었느냐?

최일경   (능글맞게 웃으며) 잘못 먹은 건 없고, 책을 읽느라 오히려 하루 쟁일 굶어 눈이 팽팽 돌아서 그런 것 같습니다.

박승원   (웃으며) 네놈은 좋은 일 하면서 욕먹는 게 장기로구나.

최일경   장난입니다, 수찬관 나리. 젊은 나이에 뭐가 춥겠습니까? 천지 만물의 이치에 통달하고, 듣는 대로 모두 이해할 수 있는 이순(耳順)의 연세가 다되신 대선배님께서 한 겹 더 입으시는 게 당연지사지요. (라고 말은 하는데 몸은 벌벌 떨고 있다) 제가 비록 천방지축이나 예절은 압니다.

박승원   됐다. 벌벌 떨면서 무슨 허세 질은… 감기 걸리기 전에 다시 빨리 입어라.

최일경   (마치 기다렸다는 듯이) 그럼 염치 불고하고 이 못난 제자가 다시 입겠습니다. (전광석화와도 같이 바로 입는다) 어휴! 춥다!

박승원   내 이럴 줄 알았다. 독서나 열심히 해라!

최일경   예! 수찬관 나리.

계속 기록 작업하는 박승원과 실록을 읽는 최일경.

그때 최일경의 배에서 꼬르륵 소리가 난다.

최일경　(배를 만지며) 만물의 영장인 사람도 먹어야 품위가 유지
　　　　될 것 같습니다.

박승원　네 놈이 유지할 품위가 어디 있어? 기록 조작에다 주접
　　　　만 일류이지.

뒤이어 박승원의 배에서도 꼬르륵 소리가 난다.

최일경　수찬관 나리도 잡수셔야 품위가 유지되겠네요.

박승원　버르장이 없는 놈!

최일경　(기가 죽어) 잘못했습니다.

박승원　(점잖게) 밖에 나가서 화롯불이나 쬐고 정신 바짝 차리
　　　　고 오너라.

최일경　아닙니다.

박승원　(큰소리로) 당장 나가서 정신 차리고 돌아오래도!

최일경　(바로 일어난다) 예! 알겠습니다.

퇴장하려는 최일경.

박승원　이놈아!

최일경　(돌아서서 박승원을 보며) 또 무슨 일입니까?

박승원　쇠꼬챙이로 화롯불 속을 이리저리 저어봐라! 네놈의 잃
　　　　어버린 품위가 거기 있을 게다!

최일경　(장난하듯) 예! 예! 아주 잘 찾아보겠습니다!

최일경 퇴장.

박승원　(퇴장한 곳을 보며) 능글맞은 놈이 이럴 때는 눈치가 없네. 뭐, 아직 젊으니까… (실록을 보완하다가 최일경이 연습 기록한 책을 확인한다) 이놈이 버릇은 없어도 연습 기록한 내용을 보니 일은 잘하겠구나. 거친 문장만 조금 다듬으면 되겠어.

최일경　(퇴장한 쪽에서 목소리만) 어! 이게 뭐야?

박승원　(목소리가 들리는 곳을 바라보며) 이제야 알았느냐?

최일경　(무언가 씹는 소리를 내며) 맛있다! 맛있어!

박승원　천둥벌거숭이 같은 놈.

최일경 재등장.
입가에는 화롯불의 재가 온통 묻어 있다.

박승원　(최일경을 바라보며) 입가 좀 닦아라. 다 큰 놈이 무슨…

최일경　말씀하신 화롯불 안에서 품위를 찾았습니다. 감자처럼 생긴 게 어찌나 맛있던지 두 개나 먹었습니다.

박승원　잘했다. 겨울이면 궁궐 군졸들이 춘추관 경비를 서면서 밤새워 일하는 우리들 수고한다고 몇 개 넣어두지. 원래 안 되는 건데 전하께서도 눈 감아 주시는 거니 함부로 떠벌이지 마라.

최일경 명심하겠습니다. (사이) 두 개는 수찬관 나리 드시라고 남겨놓았습니다.

박승원 난 일 좀 더하고 먹으마. 너도 이제 다시 독서와 기록 연습을 해라.

최일경 예! 계속 실록을 읽겠습니다.

최일경은 자리로 돌아가 실록을 읽고 박승원은 기록을 보완한다.

최일경 (독서를 하다가 생각에 잠겨) 나리, 하나만 여쭤 보아도 되겠습니까?

박승원 무엇이냐?

최일경 지금 태종 대왕께서 왕위에 오르시기 한참 전 정몽주를 처단하는 내용을 보고 있습니다. 근데 궁금한 것은 태종께서 왕위에 오르신 후에는 정몽주를 신원(伸冤)하여 그를 충신이라 칭송하는 것입니다. 반대로 조선 건국의 일등공신인 정도전은 만고의 역적이 되었는데 소인이 보기에는 참으로 이해하기 힘듭니다. 역적과 충신은 그때그때 상황에 따라 바뀌는 것입니까?

박승원 위험한 말을 하는구나. 하지만 사관을 하다 보면 가끔 그런 고민에 빠지긴 하지. 글쎄… 나도 그 부분에서는 확답을 못하겠구나. 사실 역사에서 대의명분이란 이해관계일 때가 많지.

최일경 그럼 선과 악도 결국에는 이해관계입니까?

박승원은 천천히 일어나 최일경에게 다가간다.

최일경   (박승원이 다가오자) 소인이 혹여 못할 말을 한 것입니까?

박승원   (사이) 세상을 보는 방법에는 여러 가지가 있단다. 어쩌
면 네가 보는 관점도 하나의 방법인지도 모르지.

최일경   (잘 이해 못한 표정으로) 아, 그렇군요.

박승원   그러나 젊은 나이에 세상을 너무 냉혹하게 보아서는 안
된다. 젊은이들이 그런 시각에만 물들면 세상은 황폐해
지지. 그래도 말이다. 그렇게 계속 과거의 역사를 탐구
하고 번민해 보아라. 그런 역사의식 속에서 살다 보면
언젠가 이해관계를 초월한 그 무엇이 있다는 걸 알게
될 게야.

최일경   그것이⋯ 무엇이옵니까?

사이.

박승원   사랑⋯ 이다.

박승원은 최일경을 조용히 안는다.

최일경   (당황하여) 나리?

박승원   세상이 아무리 혼탁하더라도 우리가 살아갈 수 있는 것
은 사랑이 있기 때문이다. 태종께서 그런 결단을 내리
신 것도 결국 백성을 향한 사랑이었을 게다. 정몽주는

고려를 지키는 것이 사랑이라 생각했고 반대로 정도전은 세상을 변혁하는 것이 사랑이라 생각한 것이야. 사랑이 있기에 그들은 죽음을 각오하고 그토록 치열할 수 있었지. 사상만 있고 사랑이 없는 자는 결코 치열할 수가 없어. 나 역시 치열하게 실록을 기록하고 지켜나갈 것이다.

최일경 (고민에 잠겨) 아직은 이해하기 어렵습니다.

박승원 종종 그 사랑이 서로 충돌하여 피를 흘리지만 나는 믿는다. 세상사람들이 사고방식과 형태는 달라도 삶의 근본이 사랑이라는 것을 모두 알게 될 게야. 설사 그 변화가 매우 느릴지라도… 그러니 번민을 할지언정 희망은 잃지 마라.

최일경 예, 수찬관 나리. 언젠가 알 것도 같습니다.

박승원 (안았던 두 손을 놓으며) 그럼, 나도 품위나 찾으러 가야겠다!

최일경 소인은 더 열심히 실록을 읽겠습니다.

박승원 (웃으며) 그래, 그래야지.

박승원 퇴장.

최일경 (실록을 읽던 중 다시 무언가 생각에 빠져 허공을 바라본다) 사랑이라…

5장

춘추관의 서고. 기록 작업을 하는 박승원과 최일경. 몇 년이 흘러 다시 겨울이다. 춘추관 밖에서는 매서운 칼바람 소리가 들린다. 박승원은 육십 대 초반이 되었는데 칠십 대 후반으로 보일 만큼 늙었다. 반대로 최일경은 삼십 대에 접어들었지만 그 정도의 세월은 세월도 아닌 것처럼 그대로이다.

최일경 (부들부들 떨며 신경질을 낸다) 정말 몇 년이 지나도록 난방은 제대로 안 고치나 못 고치나… 일하다 얼어 죽겠네!

박승원 (나지막하게) 나라 형편에 이 정도면 견딜만하다. 그리고 일하다 죽는 사람은 없단다.

최일경 다른 뜻이 있어 드린 말씀은 아닙니다.

박승원 (작업을 하다 붓을 내려놓고 한숨을 쉰다) 그나저나 사전에 막았어야 했는데…

최일경 아직도 그 말씀이십니까?

박승원 (죄책감에 괴로워하며) 내가 죄인이야.

최일경 수찬관 나리의 잘못이 아니라고 몇 번을 더 말씀드려야 합니까?

박승원 (침묵)

최일경 다른 부서 사관들이 알아서 갖다 바쳤는데… 그걸 저희

손으로 어찌 한단 말입니까? 솔직히, 그 사관이 유자광 대감께 주었기에 망정이지 계속 안 주었다면 무오년 조의제문 여파로 사관들이 모두 다 죽을 뻔했습니다!

박승원 전하와의 약속이…

최일경 그 전하와 약속이 도대체 무엇인지 모르지만, 전하께서도 원하셔서 하신 일 아닙니까?

박승원 (다시 붓을 들고) 일이나 하자…

최일경 (담담하게) 조의제문을 실록에 실은 관련자들의 목이 날아가고 왕실에 피가 좀 넘친 정도로 끝난 것입니다. 전하께서 기록 자체를 부정하신 것도 아니고요. 이제부터 유자광 대감과 임사홍 대감의 눈에 잘못 들면 사관이고 뭐고… 에이! 일이나 하자.

둘은 다시 기록 추가 작업을 한다.

박승원 (기록 작업을 하며) 주상이 엄숙의와 정소용의 머리끄덩이를 잡고 대비전으로 끌고 와…

대비 등장. 잠시 후 칼을 든 연산군이 엄숙의와 정소용 둘의 머리끄덩이를 한 손으로 잡고 끌고 와 대비에게 던져 놓는다.

대 비 (놀라고 겁에 질려) 주, 주상 이게 무슨 짓이요?

연산군 (살기가 가득한 웃음으로) 몰라서 물으십니까? 할마마마!

대 비 (알면서 부정하듯) 나, 나는 모르오!

연산군 　그렇습니까? 그럼 알려드리지요. 이 잡년들이 내 어머니를 모함해 죽였는데 다 대비마마께서 시킨 거라고 합니다!

엄숙의와 정소용은 연산군의 발을 붙잡고 목숨을 애원한다.

엄숙의 　(필사적으로) 전하 제발!

정소용 　부디 살려주옵소서!

연산군 　(발로 두 후궁을 번갈아 밟으며) 닥쳐라, 이 죽일 년들아! (대비에게) 할마마마가 모르다면 이년들이 만인의 으뜸이신 대비마마를 능멸한 것이니 내 할마마마 보는 앞에서 효를 행하여도 될까요?

겁에 질린 세 여인은 서로 부둥켜안고 떨고 있고, 이때 임사홍과 유자광 등장.

유자광 　(연산군에게) 실록에 나타난 대로 조의제문을 실은 사관들과 전하의 어머니를 능멸한 저 두 후궁 년은 모두 역적입니다!

임사홍 　(덩달아 맞장구) 그렇습니다. 사관들에게 하신 것처럼 저년들에게도 전하의 힘을 보여 주시옵소서!

유자광 　(탐욕과 열등감이 가득한 웃음) 그리고 천출 어머니가 난 시사나고 나를 뿔 본 내신피 메긴 늡들도 ㅈ ┤ 닙시오! 실록으로 날 깠으니 실록으로 당해봐라!

임사홍 　내가 집안 배경으로 출세한 소인배라고 따돌렸던 놈들
　　　　도 맛 좀 봐라! 나도 과거에 합격하고 당당히 대신이 된
　　　　사람이라고! 실록으로 날 깠으니 실록으로 당해봐라!

연산군 　(귀를 막고 괴로워하며) 그만해라! 제발! 그만해라…!

　　　　연산군이 칼을 들고 제정신이 아닌 듯 두 후궁에게 다가가자
　　　　대비가 그를 가로막는다.

대　비 　주상 제발!

연산군 　(발로 대비의 복부를 찬다) 비키시오!

대　비 　(쓰러져 숨을 가쁘게 쉬며) 죽일 놈…

　　　　대비는 숨을 거둔다.

연산군 　(죽은 대비를 경멸하며) 며느리를 질투한 추한 할망구…

　　　　연산군은 칼로 두 후궁마저 베어 버린다.

연산군 　(칼로 내리치며) 에잇! 에잇! 이 간사한 모사꾼 년들!

　　　　엄숙의와 정소용은 바닥에 쓰러져 죽는다.

임사홍 　잘하셨습니다!

유자광 　과연 힘 있는 군주이십니다.

연산군   (두 권신에게 다가가 살기 어린 모습은 어디 가고 겁 많은 어린아이처럼) 저기… 이제 내 왕권은 강해지겠지? 이제 죄인의 아들이란 굴레에서 벗어나겠지? 아무도 날 무시하지 않겠지? 다 날 사랑해 주겠지…?

임사홍   (탐욕스럽게 웃으며) 당연하십니다.

유자광   (의아해하며) 전하, 갑자기 어인 일이신지…

연산군   (떨면서) 모, 몰라… 방금 무슨 일이 있었나?

박승원   (세 여인이 죽는 광경을 바라보며 통곡한다) 아니 돼! 아니 돼!

최일경   (고개를 저으며) 이미 지난 일입니다.

유자광   (연산군에게) 전하! 마지막 일이 남아있습니다. 춘추관으로 가셔야 합니다.

임사홍   전하가 천하의 성군이 되는 길이지요!

연산군   (정신 나간 표정으로) 그래! 가자!

바로 이어 현재. 춘추관의 서고로 조명이 집중된다.

연산군   (춘추관 문을 들어서면서) 수찬관! 어디 있나? 박 사관! 박 사관!

박승원   (차분하게 일어나 연산군을 애잔하게 바라보며) 전하, 부르셨습니까?

최일경   (놀라서 급히 무릎을 꿇는다) 전하!

임사홍   (박승원에게) 수찬관! 이제 나이도 있는데 대신 정도는 해야 하지 않겠나?

유자광 (개인적 욕망과 친구에 대한 진심어린 걱정이 교차하며) 승원이, 이번만큼은 내 말을 꼭 들어주어야 하네. 그래야 자네가 살아!

박승원 (무시하고 연산군에게) 전하, 어인 일로 친히… 무슨 일이 있사옵니까?

연산군 (마치 어미에게 칭얼거리듯) 박 사관… 부탁하네. 당신은 알지 내 아픔을? 괴로워서 못 살겠네. 기록 때문에. 죄인의 아들이라는 기록 때문에. 그놈에 찢어 죽일 망할 기록 때문에!

박승원 (담담한 표정으로) 결국, 기록을 지워 달라는 말씀이옵니까?

연산군 그래! 그렇지. (박승원에게 다가가 그의 양 어깨를 잡고 애원하듯) 폐비와 그 관련된 기록만 손질해줘. 아니 폐비라는 말 자체를 제거해! 박 사관, 부탁하네!

박승원 (슬픈 표정으로 연산군을 바라보며) 이곳 춘추관 서고가… 소신이 오늘 마지막 자리인가 봅니다. 전하, 오늘 반드시 전하와의 약속을 지키겠습니다!

사이.

연산군 약속? 무슨 약속! (정말 모르는 듯) 내가 그대랑 약속을 했었나?

박승원 그러니까 소신이 드릴 수 있는 말씀은 절대 아니 된다는 것입니다. 폐비 관련기록은 전부… 그 후 아무도 모르는 곳에 따로 보관했습니다.

최일경 (안쓰러워 외치는 절규) 수찬관 나리!

연산군은 살기 띤 모습으로 되돌아가 박승원의 목에 칼을 겨눈다.

연산군 (박승원에게) 네놈도 죽고 싶은 게냐!

박승원 (애잔하고 당당하게) 전하! 기록을 지우고 바꾼다고 지난 고통이 어찌 함께 사라지겠습니까? 그것은 과거의 흔적입니다. 그리고 그 발자취를 따라가는 것이 저희 사관의 본분입니다. 크든 작든 슬픈 과거가 없는 사람이 어디 있겠습니까? 지금도… 전하의 폭정에 굶주리고 삶에 지친 백성이 전하보다 더한 아픔을 지니고 있거늘 그 진실은 아니 보이십니까?

연산군 (절규하듯) 닥쳐라! 이놈…!

박승원 소신은 전하의 과거를 기록하면서 전하의 아픔을 알게 되고 전하가 어떤 분인지 이해하게 되었습니다. 전하께선 사실 무서운 폭군이 아니라 누구보다 여리고 순수한 분이란 것도 알게 되었습니다. 기록은 그렇게 그 시절과 그 사람을 알 수 있는 숭고한 나라의 자산입니다. 그런데 그 기록을 어찌 소신 따위 한 인간이 바꿀 수 있겠습니까?

연산군 (더욱 큰소리로) 닥치래도! (박승원을 칼로 내리치며) 네! 이놈…!

연산군은 칼로 박승원의 오른 손을 자른다. 박승원의 손에선 피가 넘쳐흐르고, 최일경은 겁에 질려 떨고 있다. 반대로 임사홍과 유자광은 그 광경을 조용히 바라본다.

임사홍   (박승원을 비웃으며) 어리석은 놈!

유자광   (박승원을 안쓰러워하며) 아둔한 사람…!

연산군   (박승원에게) 그 잘난 손을 다시는 못 쓰게 해야 더 이상 그놈에 기록 따위를 운운하지 못할 게다!

박승원   (육신의 고통을 참아내며 연산군에게) 전하, 기록이란 단순히 손으로 쓰는 것이 아닙니다. 그 시절의 진실을 담아낼 수 있는 가슴으로 쓰는 것입니다. (사이) 이제야 전하와의 약속을 지키게 되어 소신은 너무도 행복합니다. 전하, 지울 수 없는 아픈 과거도 다 아름다운 흔적이니 부디 그 슬픔을 딛고 우뚝 서시길 간절히 바랍니다. 천하의 성군이니, 도학 군주니, 예절이니 그런 건 아무래도 좋으니 과거의 상처를 반드시 극복하시고 다시 일어나시옵소서.

연산군   독한 놈… (임사홍과 유자광에게) 이놈을 저잣거리로 끌고 가서 목을 베라! 꼴도 보기 싫다! (육신의 고통조차 초월한 박승원을 보고 겁에 질려) 아니, 너무 무섭다! 이 인간, 치워버려라!

연산군 도망가듯 퇴장.

임사홍　(박승원을 보고 조금은 안됐는지) 참, 벽창호 같은 양반. 어쩌자고 제 명을 재촉하나.

유자광　(박승원을 슬프게 바라보며) 미련한 사람… 조금만이라도 융통성을 발휘할 수는 없었나?

박승원　(의연하게) 참으로 미련하고 어리석은 건 내가 아니라 대감들이오.

임사홍　뭣이 어째!

유자광　(침묵)

박승원　(딱하다는 듯) 하늘 아래 사람이란 존재가 고작 백 년을 못살거늘, 그놈의 권세가 뭐 그리 대단하다고… 기록을 빙자하여 그대들과 단지 의견이 다르다는 이유로 무고한 사람들을 죽이는 것이 그리도 행복하오?

유자광 · 임사홍　(얼굴을 붉히고 땅만 바라본다)

박승원　전하께서 어머니 일로 얼마나 가슴 아파하시는지 잘 알면서도 그대들은 그 잘난 권세 때문에 전하를 더욱 아프게 몰아쳐서 돌이킬 수 없는 폐인으로 만들었습니다. 한 사람을 병들게 하면서, 한 시절도 병들게 했으니 참으로 대단하십니다.

유자광　(괴로워하며) 허허…

임사홍　네놈은 권력의 맛이 얼마나 달콤한지 몰라서 그래.

박승원　(혀를 차며) 언제 나락으로 떨어질지 몰라 다른 이를 잡아 끌어내리고, 그리고도 보복 당할까 불안하여 또 죽이고… 참 대단한 행복이십니다.

임사홍 · 유자광　(침묵한다)

박승원　내 비록 손이 잘리고 곧 생을 마감하겠지만 하늘 아래 굴하지 않고 당당했으며 진실에 떳떳했으니 내 인생이 그대들의 추한 행복보다 못하다고 할 수 있겠소?

임사홍　(반박 못하고) 여봐라! 이 역적 놈을 끌고 가라!

유자광　(친구에게 마지막 작별을 고한다) 잘 가게, 승원이. 난 내 갈 길을 가야 하네. (다시 냉정하게) 이 자를 저잣거리로 끌고 가서 목을 베고, 그 모가지를 경복궁의 정문인 광화문 앞자락에 걸어 놔라!

박승원　내 비록 불구의 몸이지만 정도를 따라 걸을 수 있으니 스스로 가겠소.

임사홍은 혀를 차고, 유자광은 땅만 바라보며 퇴장.

박승원　(천천히 퇴장하면서 최일경에게) 잘 있어라.

최일경　(울면서) 참으로 처절하십니다. 어찌 그리 완고하실 수 있습니까?

박승원　내 의지가 아니라 기록의 의지다. 너도 알게 될 것이야. (흐뭇하게 웃으며) 그리고 난 끝내 지켰고… 앞으론 자네가 지켜 가야할 소중한 약속도 있지.

최일경　무슨 남기실 말씀이라도…

긴 사이.

박승원　폐비 관련 기록은 이 춘추관 내 바닥에 묻어 놨다. 그대

로 보존해야 돼… (단호하게) 있는 그대로 보존해야 한
다. 그리고 이전 실록들도 다시 잘 정리해 놓아라.

최일경 (울먹이며) 수찬관 나리가 그리우면 어떡하죠?

박승원 (다정하게 웃으며) 그럴 때는 잠시 실록에 손을 얹고 가슴
으로 느껴봐라. 분명히 뭔가 느껴질 것이다. (고개를 끄
덕이며) 그래, 그것만으로 충분해. 영원히 실록 속에서
살아 움직이고 있을 게다… 그리고 그 안에 담긴 사랑
도 느껴 보아라. 피 비린내 나는 역사 속에서도 기이하
게 그것이 담겨 있단다.

사이.

박승원 세상은 그 근본부터가 사랑이다…

박승원 퇴장. 최일경은 그가 퇴장한 쪽을 향해 예를 갖춰 큰
절을 올린다.

최일경 (울고 웃는다) 결국, 이곳 춘추관을 못 떠나게 하시는군
요. (죽은 세 여인과 그 주위에 뿌려진 핏자국을 보며) 이 피
묻은 기록은 어찌 할꼬…

6장

박승원의 참변이 있고 일 년 뒤. 춘추관에서 최일경은 홀로 기록 작업을 하고 있다.

최일경 (전과 달리 겸허한 모습으로 작업을 하며) 한명회는 이미 노환으로 죽었지만, 주상의 명으로 무덤이 파헤쳐져 시체까지 토막을 내었다. 그리고 폐비의 죽음과 관련된 권신들은 참혹하게 죽었는데 참수를 당한 자, 사지가 잘린 자, 살아있는 사람의 흉부를 갈라 그 뼈까지 뜯어내는…

무대 조명은 점점 붉은 핏빛으로 변한다.

최일경 (그 핏빛을 안타깝게 바라보며 독백) 지우고 싶다. 이 자리를 벗어나고 싶다. 그러나 차마 그럴 순 없어… 수찬관 나리는 평생, 이 핏줄기를 담아내셨다. "기록은 지금 이 순간과 다음 세대의 지침인 것이야. 그 모든 걸 참고 견디며 실록에 담아내야 한다. 그것이 사관의 사명이요 본분이다. 후대가 그 기록을 보고 앞으로 나아가는 힘이 된다면 그것으로 사관의 존재는 충분한 것이야…"라고 그분께서 말씀하시겠지. (서고 양쪽의 많은 책을 번

갈아 보면서) 그리고 그 유지는 이미 내게로 와 있다.

다시 묵묵히 기록 작업을 시작한다.

연산군   (목소리만) 박 사관! 박 사관!

주변에 아랑곳하지 않고 작업에만 몰두하고 있는 최일경. 연산
군 등장.

연산군   박 사관! 거기 있나! 박 사관!

최일경은 앉은 자리에서 옆으로 나와 연산군에게 예를 갖춘다.

최일경   전하, 어인 행차이시옵니까?
연산군   박 사관은 어디 있지?
최일경   (연산군을 애처롭게 바라보며) 일 년 전에 죽었습니다.
연산군   (진정 모르는 듯) 죽었어? 일 년 전에? 어디에서…
최일경   (무표정하게) 그저 혼 빠진 육신만 찾으신다면 저잣거리
          에 수찬관 나리의 사지가 널려 있을 것입니다.
연산군   (자조적인 웃음) 아, 맞다. 내가 죽였지.
최일경   전하, 취하셨습니다…
연산군   그래, 취했지. 어릴 적부터 가슴 속에 큰 병이 있었는데
          의원들도 그걸 못 잡아내는군. 근데 술이란 게 신기해
          서 먹으면 좀 나아지곤 하네. 허나, 이젠 부어라 마셔도

가슴 속 구멍이 채워지질 않아.

최일경 (안쓰러워하며) 그렇사옵니까?

연산군 이보게, 자네는 어디 쪽인가? 임사홍, 아니 유자광?

최일경 (고개를 저으며) 어디 쪽도 아닙니다. 소신도 한때 그중 한 쪽으로 들어가려고 관심을 가졌지만 기록과 씨름하다 보니 이젠 춘추관뿐입니다. 그래도 이곳은 나름의 의미가 있습니다.

연산군 잘했군, 잘했어! 어차피 나랑 그놈들은 얼마 못 갈 테니.

최일경 무슨 말씀이신지?

연산군 (슬픈 미소를 지으며) 내가 스스로 자초했거든. 결국 과거를 못 이겼네. 되돌아보니 너무 늦었더군. 이렇게 망해 가는 것도 나쁘지는 않아. (한숨을 쉬며) 그래도 말일세⋯ 누군가 나를 막아주고 구렁텅이에 빠지지 않게 손을 잡아 주지 않을까 했는데⋯ 박 사관이 막을 때 그 손을 잡았어야 했어. 이젠 더는 기회가 없네. 사랑의 반대말은 미움이 아니야. 무관심이야. 대신들은 물론 대간들도 모두 자기들 살아남을 궁리만 하지. 내 병에 관심이나 있겠나? 그래도⋯ 그래도 말이야⋯ (최일경을 보며) 자네가 나를 좀 잡아주지 않겠나?

최일경 송구스럽사오나 솔직히 소신은 박승원 수찬관 나리만큼 주상 전하를 모실 자신이 없습니다. 주상 전하도 잘 아시듯 전하가 이렇게 되신 건 전하의 어머니도 선대왕도 그 누구도 아닌, 바로 전하 자신입니다.

연산군 (고개를 끄덕인다) 맞네. 하지만 난 늙은 신하 놈들이 그렇게 추앙하던 아버지가 미치도록 싫었어!

혼령인지 혹은 환영인지 성종 등장.

성 종 (연산군에게 다가가 아무 말 없이 바라본다)

연산군 (성종을 분노가 가득한 표정으로 쳐다보며) 난 당신을 증오
해! 당신은 나에게 임금의 도를 알려준 적은 있어도 한
번도 내 마음 속병을 고쳐 줄 생각은 하지 않았어! 기록
을 보고 알았지. 당신은 어머니를 사랑하지 않았어. 그
저 도학 군주라는 당신의 겉치레 위상이 무너질까 두려
워 어머니를 죽인 거야! 당신의 예의와 도의 속엔 사랑
이고 뭐고 없어!

연산군은 성종을 무차별적으로 구타한다. 성종은 쓰러져 그저
맞기만 한다.
그리고 때리는 것에 지쳐 연산군은 폭행을 멈춘다.

성 종 (일어나 무표정하게 연산군을 바라보며) 이제 화가 좀 풀리
느냐?

연산군 (어린아이처럼 울며) 어떻게 풀리겠습니까, 아버님.

성 종 그것도 네 업보다. 어쩌랴, 시간은 돌이킬 수 없는 것
을…

성종 퇴장.

연산군 (최일경에게) 그래도 말이야. 딱 한 번… 그래! 딱 한 번, 가슴 속 아픔이 말끔히 사라진 적이 있었네.

사이.

연산군 (옛 생각에 젖은 표정으로) 어릴 적 박 사관이 날 한참 동안 가만히 안아 주었을 때야!

연산군은 춘추관 주위를 둘러본다. 핏빛 조명이 점점 밝은 빛으로 바뀐다.

연산군 (빛을 바라보며) 그 순간 뭐랄까? 어머니의 품속 같았어. 난 어머니가 하나도 기억나지 않지만, 그 순간이 바로 어머니 품속이었지. 사내 품 안에서 어머니를 느끼다니 웃기지? (울며 웃는다) 다시 느끼고 싶어 왔는데 내가 죽여 버렸어! 아니, 내가 정말 죽였나? (혼잣말) 미안해요, 박 사관. 난 이겨내지 못했어요. 나 그냥 파멸 할래요… (다시 최일경에게) 근데 혹시 그거 아나?

최일경 무엇을 말씀이옵니까?

연산군 박 사관이 내 어린 세자 시절 나와 약속을 했다는데, 최 사관은 그게 뭔지 알고 있나 해서 말일세.

최일경 아는 바가 없습니다, 전하.

연산군 하긴, 나도 기억이 전혀 없는데… (슬픈 목소리로) 그 시절 나는 이미 죽었으니…

연산군, 퇴장하려다 멈추고 허공을 본다.

연산군 (혼잣말로) 내 병이 뭔지 알 것 같아… 그건 텅 빈 외로움이야…

연산군 퇴장. 조명이 다시 원래대로 돌아온다.

최일경 (잠시 연산군이 퇴장한 곳을 멍하니 바라본다) 아! 맞다. 내 정신 좀 봐! 성종대왕실록을 보완하고 있었지.

최일경은 책상으로 다시 돌아가 언제 그랬냐는 듯이 묵묵히 작업을 한다.

7장

과거 1장의 연장선. 춘추관 서고에서 어린 연산군과 사십 대 후반의 박승원이 약속하는 장면.

박승원 저하, 그 약속이 무엇이옵니까?

어린연산군 (진지하게) 그렇게 소중한 기록이라면 꼭 지켜줘요…

박승원 (웃으면서) 무슨 약속인가 했습니다.

사이.

박승원 저하, 사관은 실록을 기록하고 지키는 것이 존재의 이유이자 일생의 업입니다. (의미심장하고 단호하게) 소신, 목숨을 바쳐 지켜 드릴 것입니다!

어린연산군 (천진난만하게 웃으며) 내 훗날 조선의 임금으로서 명하노라! 어떠한 경우라도 실록을 있는 그대로 보존하고 지키도록 하라!

박승원 (땅에 엎드려 고개를 숙인다) 예! 저하… 전하! 명을 받들겠습니다.

어린연산군 정말, 아픈 기억이나 슬픈 추억을 감내하면 나중엔 아름다워질까?

박승원 (웃으며 일어나면서) 반드시 그럴 것입니다…!

어린연산군 고마워요, 박 사관…

8장

연산군이 자신의 파멸을 예언한지 몇 년이 지나 실제 반정의 거사가 일어나던 밤, 춘추관 밖에서는 반정군과 근왕군의 칼부림 소리와 비명소리가 요란하다. 그러나 그런 와중에도 최일경은 춘추관 서고에서 흔들림 없이 기록 작업 중이다. 그리고 어김없이 겨울은 또 찾아왔다. 춘추관 밖에는 눈이 내린다.

최일경 (묵묵히 작업을 하다가 칼부림 소리가 나는 쪽을 바라보며) 몇 년 전 주상께서 스스로 파멸을 예언하셨는데 그것이 결국 현실이 되는구나…

최일경, 관객을 차분히 둘러본다.

최일경 허나 폭군을 몰아내고 새 임금을 옹립하려는 저자들은 유자광을 중심으로 한 세력들… 저들은 충신이어서가 아니라 오히려 자신들의 출세를 위해 폭정에 동조했던 자들이다. 지금의 반정은 백성을 위해서가 아니야. 무고한 백성이 죽어 나가고 신음할 때 저들은 그저 살기 위해 주상에게 아첨하고 폭정을 부추겼을 뿐 백성을 위해 아무것도 하질 않았어.

최일경은 현실에 대한 분노로 책상 위에 책들을 쓸어 내팽개친다.

최일경　세상엔 정의란 없어! (참았던 눈물이 흐른다) 정의가 있다면… 박승원 나리께서는 돌아가시지 않았을 게다. 그분께서 가슴으로 말씀하시며 지키려 했던 기록과 사랑은 결국, 아무런 힘도 의미도 없는 빈 껍데기였어! (주저앉는다) 그러지 않고서야 그렇게 허망하게…

최일경, 통곡을 멈추고 바닥에 떨어진 책들을 본다.

최일경　(바닥에서 책 한 권을 주우며) 아니다 아니야. 그저 과거의 사실만 기록하는 것이 사관이라면 그분이 그렇게 강인하고 따뜻할 수 없었을 게야…

최일경은 들고 있는 책을 책상 위에 올려놓고 다시 의자에 앉는다.

최일경　보고 싶다. 그 어른의 강인함과 따뜻한 온기를 느끼고 싶다. (책상 위의 책에 손을 얹고 가만히 눈을 감는다)

과거의 상황 재현. 아기 연산군을 안고 있는 폐비윤씨와 성종 등장.

폐비윤씨 (사랑스럽게 아기 연산군을 바라보며) 전하! 아기를 보십시오! 전하를 닮아 이리도 잘생겼습니다.

성 종 무슨 말씀을요! 나보다 중전을 닮아 어여쁜 게지요.

폐비윤씨 신비로워요. 생명이라는 것이 이렇게 아름답고 따뜻했는지 예전에는 몰랐습니다.

성 종 여인이란 참으로 대단합니다. 이렇게 사랑스러운 생명을 낳다니…

대비 뛰면서 등장.

대 비 주상! 중전! 이 할미도 내 손주 좀 봅시다.

폐비윤씨 (반갑게) 어머님 오셨습니까?

대 비 어쩜 이리도 어여쁠까? 중전, 내가 좀 안아 봐도 되겠소?

폐비윤씨 그럼요! 어머니.

폐비윤씨는 대비에게 아기 연산군을 건넨다.

대 비 (아기 연산군을 바라보며) 이런 기분은 우리 여인네들만 알지요. 안 그렇소, 중전?

폐비윤씨 예, 어머님. 저도 어미가 되니 이제야 알았습니다.

성 종 세상의 어머니란 너무도 대단한 존재입니다. 한 나라의 왕도 어머니 앞에서는 한없이 작지요.

대 비 주상도 아기 땐 이렇게 어여뻤지요!

성 종 제가 말입니까?

대 비 그럼요! 이 어미에겐 아직도 주상이 아름답고 사랑스럽습니다.

폐비윤씨 저도 아기와 전하가 너무나도 사랑스러워요!

성 종 세상 모두가 아름답고 사랑스럽습니다.

셋 다 화기애애한 모습으로 퇴장. 조명이 다시 최일경에게 집중된다.

최일경 (눈을 감은 상태에서) 아…! 태초에는 그 모두가 사랑이었구나!

역사의 숨결을 느끼고 있는 최일경의 등 뒤에 박승원이 나타난다. 박승원의 손은 멀쩡하다. 박승원은 두 손을 최일경의 양 어깨에 살포시 얹는다.

박승원 이 녀석아! 이제 알겠느냐?

최일경 (고개를 끄덕이며) 예, 이 못난 놈이 이제야 알았습니다.

그렇게 최일경은 춘추관의 '사관'이 되어간다.

9장

다음 해 여름, 춘추관 창문 틈으로 눈부신 햇살이 서고 안으로 들어온다. 최일경은 오른손으로 책을 펼치고 왼손으로는 부채질하면서 작업 중이다. 기록 작업에 매진하는 모습은 박승원과 흡사하다. 그러나 부채질하며 여유를 즐기는 것이 박승원과는 다른 융통성이 느껴진다.

최일경 (실록을 읽으며) 세조 대왕께서 사냥을 나가 화살 한 대로 사슴 여섯 마리를 잡으셨다. (비웃으며 혼잣말) 선배 사관님들! 이건 좀 심하셨습니다. 정말이지 세조대왕실록은 소설인지 실록인지 분간이 잘 안가.

박승원 (목소리만) 그놈의 입이 또 방정이구먼.

최일경 천성인 것을 어찌하겠습니까?

박승원 (목소리만) 또 그놈의 천성…

최일경 천성 무시 못 합니다. 나리께서 융통성 없고 고지식했던 것도 결국 천성이지 않습니까?

박승원 (목소리만) 내가 그리도 융통성 없고 고지식했나?

최일경 어디 말뿐이겠습니까? 사관들 사이에서는 꽉 막힌 분이라고 소문이 자자했었습니다.

박승원 (목소리만) 허허, 그랬었나.

최일경 불의와 타협하지 않는 철옹성 같은 고지식함이었지요.

그래서 당신이 좋았습니다.

박승원   (목소리만) 민망하다, 이놈아!

> 박승원 등장. 혼령이라기보다는 최일경의 기억 속에 있는, 박승원에 대한 추억이 반영된, 또 다른 최일경이다. 박승원은 최일경의 등 뒤에서 천천히 이리저리 거닐고 있고, 최일경은 박승원을 바라보지 않고 의자에 앉아 추억과 이야기하듯 대화가 이어진다.

최일경   (실록을 보면서) 그나저나 세조대왕실록은 언제 봐도 흥미진진합니다.

박승원   좀 유별나긴 하지.

최일경   유별난 정도가 아니라 무협지이옵니다. 뭐 읽는 재미는 쏠쏠하지요.

박승원   나라 기록이 정확하기로 정평이 나 있긴 하지만, 그렇다고 전부 맞는 것은 아니지 않느냐? 과장과 미화 속에서 진실을 찾아내는 것이지.

최일경   (고개를 끄덕이며) 예, 기록이란 것도 결국 사람이 쓰는 것이지요. 아무리 진실을 담으려고 그 사람과 그 시절을 기록한들 어찌 사건 자체만 하겠습니까? 오히려 그래서 더 가치 있는 것인지도 모르죠.

박승원   그렇지. 자네가 보고 있는 그 소설 같은 기록조차도 그 시절과 그 시대를 살았던 인간이 담겨있다네.

최일경   그리고 그것을 찾아내는 것은 후대에 기록을 읽는 자들의 몫이지요.

박승원　그렇다고 그 기록이 아주 거짓만은 아니야. 세조께서
　　　　 화살 한 대를 쏠 때 숨어있던 병사들이 사슴 여섯 마리
　　　　 를 잡아 올렸겠지. 그런 의미에서 그 사실만 보고 기록
　　　　 했던 사관의 입장에서는 "세조께서 화살 한 대로 사슴
　　　　 여섯 마리를 잡으셨다"는 것이 틀린 기록이 아닐 수도
　　　　 있지.

최일경　(고개를 끄덕이며) 그래서 산신령이 도력 쓰는 것 같은 이
　　　　 런 기록이 나름 재미있습니다. 당시 세조 대왕께서 권
　　　　 세가 얼마나 강건하셨는지, 그리고 선배 사관님들도 세
　　　　 조 대왕을 얼마나 빨아댔는지를 단적으로 보여주는 좋
　　　　 은 기록이 아닙니까?

박승원　(미간을 찌푸리며) 빨긴… 지나친 충정이라면 몰라도…
　　　　 서른이 훨씬 넘은 놈이 그 더러운 걸레 문 것 같은 입방
　　　　 정은 좀 고쳐라, 이 녀석아!

　　　　 긴 사이.

최일경　나리…, 소인… 이제 수찬관 나리의 길을 가기로 했습니
　　　　 다. 하지만 나리와 다르다는 것에는 변함이 없습니다.

박승원　(크게 웃으며) 이거 한 방 먹었군. 그래, 그렇지. 세상사
　　　　 라는 것이 서로 다른 사람들이 만들어가는 거 아닌가.
　　　　 똑같은 학문, 똑같은 생각, 똑같은 일만 하는 게 말이
　　　　 안 되지.

최일경 예를 들면 말입니다. 세상에 여인네는 없고 고추 달린 사내놈만 있다고 가정해 보십시오. 그때부터 세상은 무간지옥(無間地獄)입니다.

박승원 (어이가 없어 웃으며) 더럽다, 이놈아.

최일경 (능글맞게) 보십시오. 수찬관 나리와 소인은 이렇게 다른 사람입니다.

박승원 그래도 사관의 길은 같지 않은가?

최일경 (웃으며) 그건 그렇지요.

사이.

최일경 (부채를 책상 위에 놓으며) 보고 싶습니다.

박승원 인석아, 이렇게 보고 있지 않으냐?

최일경 살아있는 당신 말입니다.

박승원 (고개를 저으며) 그건 어쩔 수 없는 거야.

최일경 뭐, 그렇지요. 어쩔 수 없는 거지요.

박승원 (애잔하게) 이렇게 자네가 죽은 나와 대화하며 기록 작업을 한 지도 벌써 몇 해가 지났구나. 세월 참 빠르네, 안 그런가?

최일경 맞습니다. 그 세월이란 놈이 너무 빨라 소인도 이제 불혹을 바라봅니다. 그런데 말입니다. 나리를 생각하면 가끔 제 자신이 미울 때가 있습니다.

박승원 밉다니?

최일경 아직도 수찬관 나리에 대한 추억이 아련한데…

사이.

박승원 그래, 무슨 일이…

최일경 나리와 보낸 추억이 하나씩 잊혀갑니다. 점점 희미해져
요. 특히 슬픈 기억이 사라져 가요. 그래도 정겹고 행복
했던 순간들은 비교적 선명하게 남아 있는 편입니다.

박승원 난 또 뭐라고. 얼마나 다행스러운 일인가? 오히려 감사
할 일이지.

최일경 사실, 나리를 생각하기보다는 부모 노릇, 지아비 노릇
이런 것들이 우선이었습니다. 소인이란 놈 참 야속하
죠?

박승원 (고개를 저으며) 어찌 사람이 추억만 가지고 살아갈 수가
있겠느냐? 추억과 망각이 함께 존재하기에 다양한 사
람이 균형 있게 살아가는 것이지.

최일경 하지만 당신에 대한 추억은 소인에게 너무도 소중합
니다.

박승원 (웃으며) 그런가?

최일경 그래도 말입니다…

사이.

최일경 (말을 이어가며) 아무리 당신을 회상하고 당신의 기록을
읽어도… 곁에 살아계신 것만은 못합니다.

박승원은 무대 가장자리로 가서 최일경을 애잔하게 바라본다.

박승원 (차분하게) 그대가 나를 추억 속에 간직한다 해도 이 자리에 내가 없다는 사실만은 변함이 없네.

최일경 (자리에서 일어나 슬픈 눈으로 박승원을 바라보며) 앞으로는 곁에 있는 함께 살아가는 주변 사람에게 충실할 것입니다. 그러면 나리에 대한 기억은 더욱 희미해져 가겠지요.

사이.

박승원 (다정히 웃으며) 그래서 오늘이 이별이로군.

최일경 (눈물을 흘린다) 예, 수찬관 나리. 부모의 길, 지아비의 길, 그리고…사관의 길을 걷겠습니다.

박승원 (최일경에게 정중히 고개를 숙이며) 사관으로 남아주어 진정으로 감사합니다, 수찬관 나리!

최일경 (고개를 저으며) 아닙니다. 애초에 이 길이 소인의 길이었던 것 같습니다.

박승원 아닐세. 사람에게 어찌 정해진 길이 있겠나? 사관으로 남기로 한 것은 자네의 선택이네. 그리고 스스로 주체가 되어 과거와 현재의 기록 한가운데서 자신에게 질문해보게. 그것이 현존하는 사관 최일경과 지나간 사관 박승원의 대화이고, 바로 우리네 역사라네.

사이.

최일경   (고개를 끄덕이며) 명심하겠습니다.
박승원   그동안 즐거웠네. 그럼 난 이만…

박승원은 조용히 돌아서서 발걸음을 옮긴다.

최일경   수찬관 나리!

박승원, 잠시 멈춘다.

최일경   당신은 소인 가슴 속에 영원히 살아있습니다. 그리고
이 춘추관에도 당신의 얼이 깃들어 있습니다.

박승원, 돌아보지 않고 퇴장. 최일경은 자리에서 벗어나 박승
원이 퇴장한 곳을 향해 예를 갖추어 큰절을 올린다.

최일경   (엎드려 박승원이 퇴장한 곳을 바라보며) 먼 훗날, 지나간
최일경과 다가 올 신진 사관이 또 다른 새로운 역사를
만들겠지요.

최일경은 다시 의자에 앉아 기록 작업을 계속한다.

10장

연산군이 폐위되고, 중종 임금의 치세. 다시 봄이 오고 천진스러운 새들의 노랫소리와 청아한 시냇물 소리가 들린다. 세월이 흘러 최일경은 오십 대 후반이 되었지만, 여전히 춘추관을 떠나지 못하고 늘 그렇듯 기록 작업에 열중이다.

최일경 (기록 작업하면서) 폭군 연산이 폐위되던 날, 유자광은 박원종과 손잡고 연산군을 몰아낸 후 그의 이복동생인 중종을 새로운 임금으로 옹립한다. 그리고 임사홍을 축출한다.

상황 재현. 임사홍이 급히 뛰면서 등장.

임사홍 (겁에 질려 덜덜 떨면서 주위를 둘러본다) 이제 아무도 없나?

갑주를 입은 유자광이 칼을 들고 등장.

유자광 (임사홍에게 칼을 겨누며) 간신 임사홍을 도륙한다!
임사홍 여우같은 놈!

도망가며 퇴장하는 임사홍.

유자광 (칼로 임사홍이 도망간 곳을 가리키며) 역적 잡아라!

유자광, 임사홍이 퇴장한 곳으로 달려가며 퇴장.

최일경 (기록 내용을 천천히 살펴보며) 유자광 대감, 언제나 승자 편에만 붙으니 참으로 대단한 양반이야.

다시 현재. 최일경은 서고 쪽을 뒤 돌아보며 소리친다.

최일경 이놈아! 아직도 못 찾았느냐?
젊은사관 (목소리만, 신경질 내며) 찾았어요! 그만 좀 닦달해요!
최일경 뭐라! 이 버르장머리 없는 놈.

이십 대 중반의 젊은 사관이 두 손에 책을 잔뜩 안고 등장. 젊은 사관의 배역은 박승원 역과 같은 배우다.

젊은사관 (책을 책상 위에 내려놓으며 지겹다는 듯이) 아! 또 밤새우 게 생겼습니다.
최일경 (웃으며) 이 일이 그렇게 싫으냐?
젊은사관 과거급제까지 했는데 언제까지 이런 곳에서 기록이나 쓸 수는 없지요.
최일경 이놈아! 그럼 나는 뭐가 되느냐?

젊은사관 (자신의 실수를 눈치 채고는) 수찬관 나리께서는 조선의 위대한 기록장인이 아니십니까!

최일경 너도 아마 나처럼 이곳에 평생 있을 것 같다.

사이.

젊은사관 무슨 말씀이신지?

최일경 그러니까 말이다. 태초에는 다 사랑이었다는 말이다.

젊은사관 (혼란스러운 표정) 대체 무슨 말씀이신지…

최일경 너도 결국 알게 될 게야. 일이나 하자!

둘은 함께 기록 추가 작업을 한다.

젊은사관 (작업하다 말고 한숨을 쉰다) 아! 어찌해야 할지…

최일경 왜 그러느냐?

젊은사관 남곤 대감과 심정 대감이 "조광조 선생께서 사약을 받은 것은 정당하다"라고 기술하라 합니다. 그런데 소인이 아무리 찾아봐도 정암(靜庵) 선생의 죄는 없어서… 정작 남곤 대감과 심정 대감의 뇌물 기록은 잘도 나오는데, 안 썼다간 뒤탈이 있을 것 같고…

최일경 이놈아, 그럴 때는 이렇게 해결하는 거다!

젊은사관 (눈을 크게 뜨고 최일경을 바라보며) 어떻게 말입니까?

최일경 사략에다 적는 게지. 실제 사건을 있는 그대로 적는 것은 나라의 전통이자 자랑이 아니더냐. 사실 자체를 왜

곡할 수야 당연히 없지. 하지만 그에 대한 견해는 얼마
든지 다를 수 있지 않으냐? 그러니 사략에다 남곤 대감
과 심정 대감이 말하는 대로 써.

젊은사관 (싫은 표정으로) 그러면 결국, 소인이 정암(靜庵) 선생을
욕보이는 거 아닙니까?

최일경 이놈이…! "남곤과 심정이 말하기를 어쩌고저쩌고…"
이렇게 써.

젊은사관 (이내 표정이 밝아지며) 아! 그럼 되겠구나!

최일경 그나저나 조광조가 서른여덟 살에 사사(賜死)되었으
니… 젊은 나이로구나.

젊은사관 소인에게는 한참 어른이십니다.

최일경 네 나이가 몇이냐?

젊은사관 (자신만만하게) 이십 대 중반입니다.

최일경 완전 어린 아이네.

젊은사관 아이는 무슨! 이렇게 큰 아이 보셨습니까?

최일경 몸만 크면 뭐하냐? 그 나이에 버르장머리도 없고 주접
은 또 일류에… (무언가 떠올라 웃으며) 아…, 뭔가 닮았
다 싶더니… 어릴 적 날 닮았어!

젊은사관 그렇습니까?

최일경 (아쉬운 표정으로) 근데 벌써 육십이 다가오니 세월 참 빠
르군. 젊음이라… 부럽군.

젊은사관 소인도 언젠간 늙지 않겠습니까? 자연의 섭리지요. 하
지만 육신이 늙어도 후세에 발자취가 된다면 그 늙음은
아름답지 않을까 합니다.

최일경 (귀엽다는 표정) 요것 봐라? 천방지축 같은 놈이 그런 생각도 하네.

젊은사관 (능글맞게) 소인이 이리도 속 깊은 줄 모르셨습니까?

최일경 (웃으며) 말은 청산유수… (고개를 끄덕이며) 그래, 세상의 이치지. 일이나 하자!

젊은사관 예! 수찬관 나리!

즐겁게 작업에 열중하는 젊은 사관. 최일경은 갑자기 무언가 떠올라

최일경 아! 그래. 이놈아!

젊은사관 (일하다 멈추고 최일경을 보며) 무슨 일… 있습니까?

최일경 사략을 쓸 때 여백을 좀 많이 남겨 놓아라.

젊은사관 그건 또 왜 그렇습니까?

최일경 후대에 다른 이가 다르게 생각할 여지는 주어야 하지 않느냐?

젊은사관 (웃으면서 힘차게) 예!

막.

한국 희곡 명작선 11

기록의 흔적

초판 1쇄 인쇄일   2019년 1월 16일
초판 1쇄 발행일   2019년 1월 25일

지 은 이   최준호
만 든 이   이정옥
만 든 곳   평민사
             서울시 은평구 수색로 340 [202호]
             전화: (02) 375-8571(代)
             팩스: (02) 375-8573
             http://blog.naver.com/pyung1976
             이메일 pyung1976@naver.com
등록번호   제251-2015-000102호
 정 가   6,000원

※ 이 책은 사단법인 한국극작가협회가 한국문화예술위
   2019년 제2회 극작엑스포 지원금을 받아 출간하였습니다.